小艾略特的夢幻家族

NDQ0004　ISBN 978-957-13-6453-7 (精裝)

文‧圖 / 麥克‧柯拉托 Mike Curato

譯者 / 葛容均、胡琇雅　主編 / 胡琇雅　美編 / xixi

董事長‧總經理 / 趙政岷

出版者 / 時報文化出版企業股份有限公司　10803 台北市和平西路三段 240 號七樓

印刷 / 華展印刷有限公司　初版一刷 / 2015 年 11 月 27 日

定價 / 新台幣 280 元　發行專線 / （02）2306-6842

讀者服務專線 / 0800-231-705、（02）2304-7103　讀者服務傳真 / （02）2304-6858

郵撥 / 1934-4724 時報文化出版公司　信箱 / 台北郵政 79 ~ 99 信箱

時報悅讀網 / www.readingtimes.com.tw　電子郵件信箱 / ctliving@readingtimes.com.tw

法律顧問 / 理律法律事務所 陳長文律師、李念祖律師

行政院新聞局局版北市業字第八〇號

版權所有 翻印必究（缺頁或破損的書，請寄回更換）

小艾略特的
夢幻家族

文‧圖 **麥克‧柯拉托**

譯 / 葛容均、胡琇雅

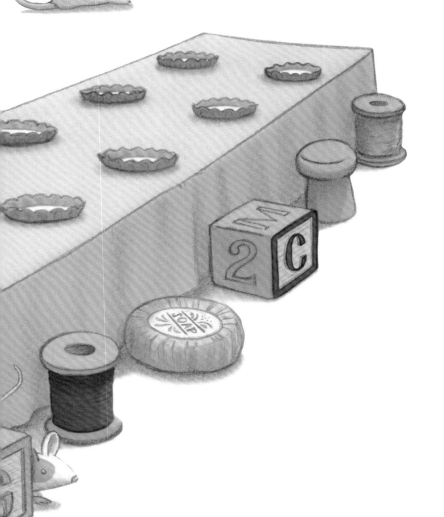

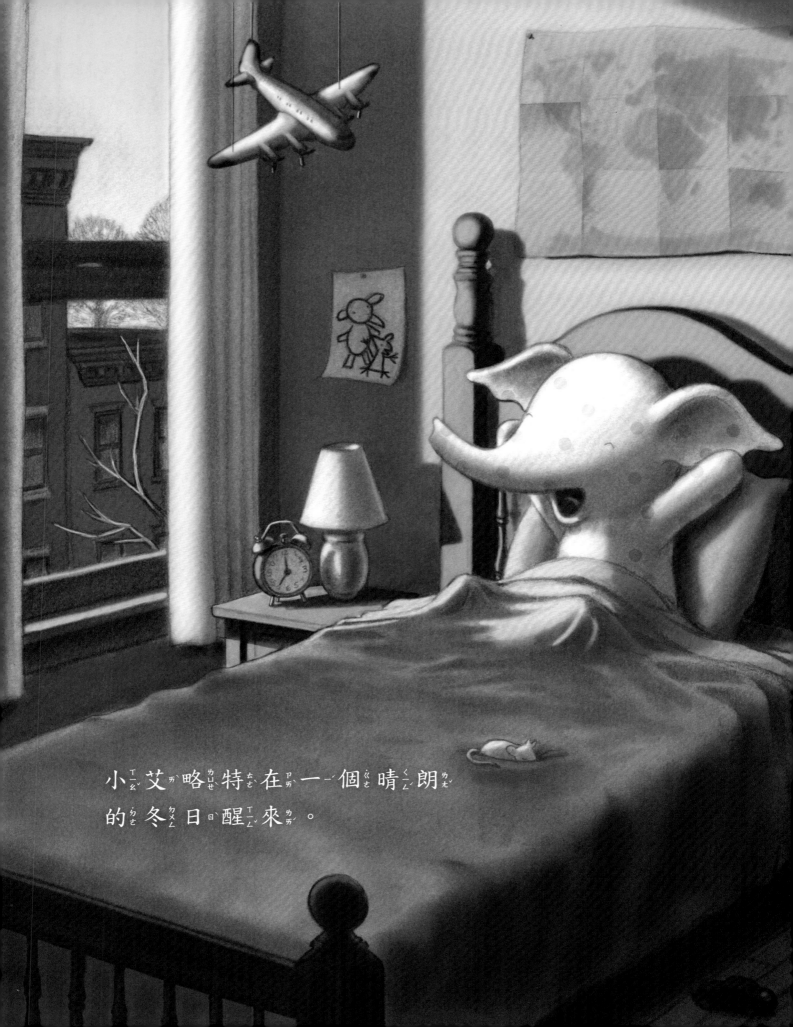

小ㄒㄧㄠ艾ㄞ略ㄌㄩㄝ特ㄊㄜ在ㄗㄞ一ㄧ個ㄍㄜ晴ㄑㄧㄥ朗ㄌㄤ
的ㄉㄜ冬ㄉㄨㄥ日ㄖ醒ㄒㄧㄥ來ㄌㄞ。

「早安，老鼠！」艾略特說。

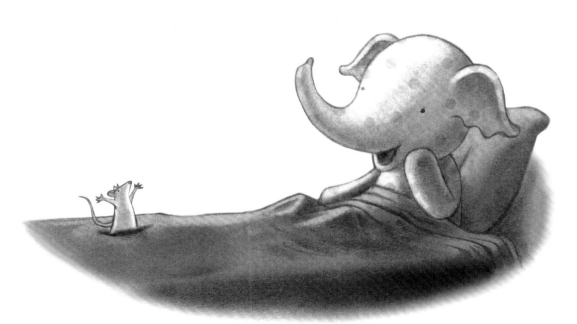

「早安，艾略特。」老鼠說，「今天是我的家庭日，我等不及要喝奶奶做的起士海鮮濃湯了！」

「希望她做了超級多份。我可是得和我爸媽、祖父母、15個兄弟、19個姊妹、25個姑姑阿姨、27個叔叔舅舅，還有147個堂表兄弟姊妹們一起分享呢！」

老鼠想了一會兒，說：「我想我應該數對了，要全部都算到還真難。」

「我得走啦！我可不想遲到。」老鼠說。

「玩得開心唷！」艾略特說。
他們互相揮揮手後，老鼠就出門了。

房子一片寂靜，而且空蕩蕩的。

艾略特決定出去走走，
他在街上看到許多家庭。

兄弟在街上玩耍。

媽媽唸故事給兒子聽。

爸ㄅㄚˋ爸ㄅㄚ˙帶ㄉㄞˋ女ㄋㄩˇ兒ㄦˊ去ㄑㄩˋ公ㄍㄨㄥ園ㄩㄢˊ。

姊ㄐㄧㄝˇ妹ㄇㄟˋ們ㄇㄣˊ分ㄈㄣ享ㄒㄧㄤˇ著ㄓㄜ甜ㄊㄧㄢˊ點ㄉㄧㄢˇ
(還ㄏㄞˊ有ㄧㄡˇ祕ㄇㄧˋ密ㄇㄧˋ)。

奶奶唱歌給寶寶聽，
而叔叔伯伯們給予孩子建議。

親戚的孩子們一起溜冰，還有人會溜花式呢！

艾ㄞˋ略ㄌㄩㄝˋ特ㄊㄜˋ好ㄏㄠˇ想ㄒㄧㄤˇ知ㄓ道ㄉㄠˋ有ㄧㄡˇ147個ㄍㄜˋ表ㄅㄧㄠˇ姊ㄐㄧㄝˇ弟ㄉㄧˋ是ㄕˋ什ㄕㄣˊ麼ㄇㄜˋ感ㄍㄢˇ覺ㄐㄩㄝˊ，至ㄓˋ少ㄕㄠˇ有ㄧㄡˇ一ㄧ個ㄍㄜˋ也ㄧㄝˇ好ㄏㄠˇ。

天色漸漸暗了，
艾略特決定去看場電影。

電影院裡又大又黑，
而且空空蕩蕩。

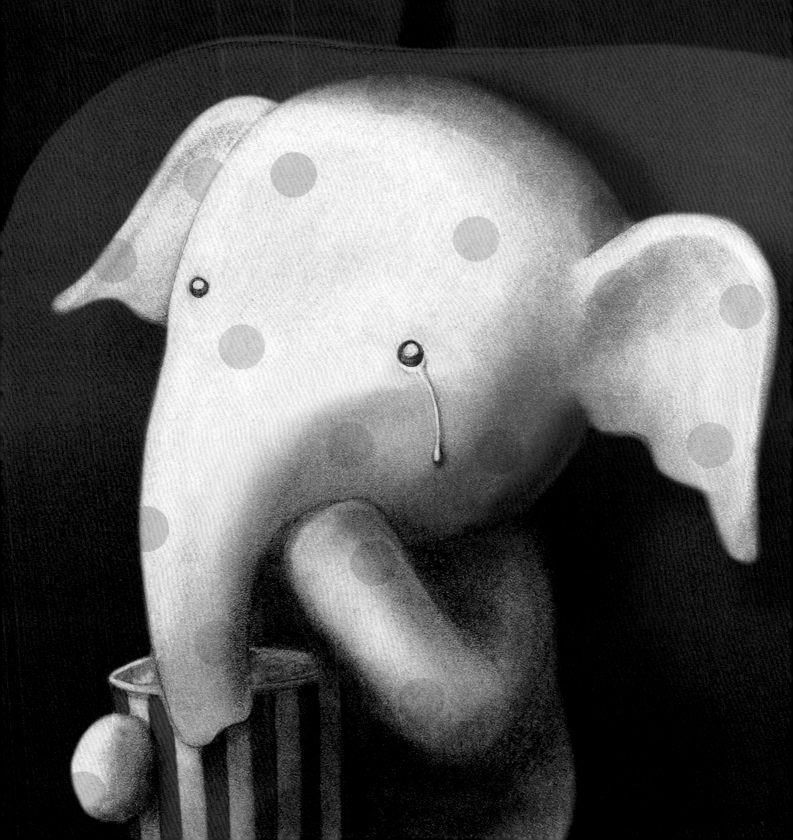

艾ㄞˋ略ㄌㄩㄝˋ特ㄊㄜˋ想ㄒㄧㄤˇ念ㄋㄧㄢˋ老ㄌㄠˇ鼠ㄕㄨˇ。

艾略特走出電影院時，
發現外面全被白色覆蓋。

雪下著，風吹著。

艾略特似乎聽見有人叫他，是風嗎？

不，是老鼠！

「我想你！」老鼠說。

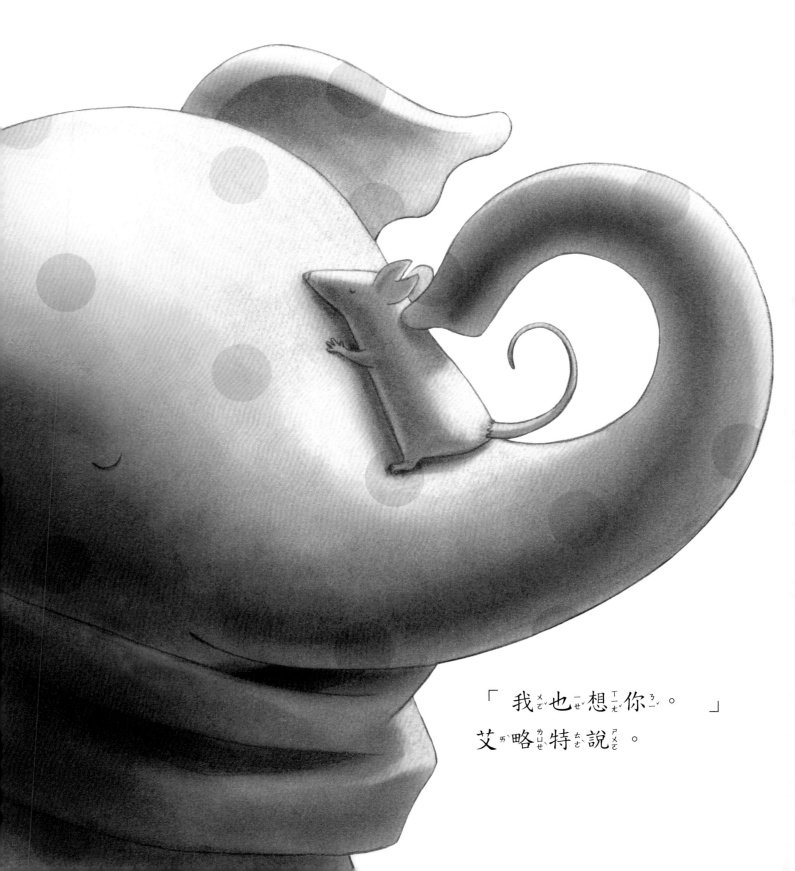

「我也想你。」
艾略特說。

「這裡好冷，我們快點離開吧。」老鼠說，「我知道有個地方可以去！」

老鼠家族熱烈的歡迎艾略特，「快來喝點起士海鮮濃湯！」老鼠奶奶說。

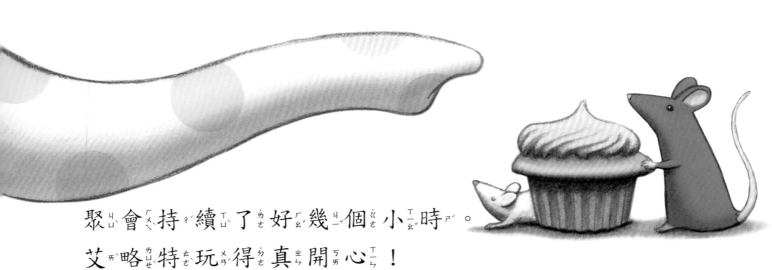

聚會持續了好幾個小時。
艾略特玩得真開心！

這天結束時，　老鼠再數一遍全部的家人，

並且，再加上一位
新成員！